mes

ÉTRENNES

TOURQUENNOISES

ET LILLOISES.

DEUXIÈME
ÉTRENNES
TOURQUENNOISES
ET LILLOISES,

OU

RECUEIL
DE CHANSONS

EN VRAI PATOIS DE LILLE ET DE
TOURCOING,

Pour la présente année.

LILLE,

VANACKERE, Libraire-Editeur.

IL ne faut pas confondre cette Collection de Chansons de BRULE-MAISON, (à laquelle nous travaillons depuis plus de trente ans, pour ramasser les morceaux épars, et dont la majorité n'existait plus que dans la mémoire des contemporains de cet immortel chanteur), avec un recueil contrefait et extrait du nôtre; non-seulement il n'en contient qu'une partie, mais il est encore dépourvu des Airs notés, si nécessaires à l'originalité de ce genre de chansons.

CHANSON

D'un Tourquennois qui avoit avalé
une araignée en mangeant sa
soupe, et quel moyen on a em-
ployé pour la lui faire sortir du
corps.

AIR : *Du chat gêné.*

Air noté, N.º 5, V.ᵐᵉ Recueil.

Cantons unne canchon nou-
    vielle,
D'un Tourquennois pour chertain,
Unne histoire des pu bielles ;
Il a volu faire un bain
    De médecin,
De fachon nouvielle;
Den Tournai, Lille et Menin,
    N'y a nul si fin.

Du sujet je vous f'rai sage,
Mais y faut bien l'acouter :
Sen fieu revenant de l'ouvrage,
Un li apprêta pour denné
    Du léburé;
Deven sen potage,

Un malheur li est arrivé,
　Vous le sarez.

Sen cœur faigeot touque touque
Deven che léburé bouli ;
Fort dru faigeot flouque flouque,
Mengeot à grosses louchies ;
　Unne araignie
A queu deven s'louche,
Il avot si grand appetit
　Qu'il l'avalit.

Se mère tirant se casaque,
En digeant à che garchon,
Tôt vîte men fieu démaque,
T'a avalé du poison,
　Pauvre luron ;
Jamais telle attaque
Qui n'y eut den chel mageon,
　Pour che garchon.

Tout chen qu'on a povu faire,
N'a point povu degueulé,
Digeant : Mon Deu queulle affaire !
Garchon t'fora ti quervé,
　Tout désolé,
Quemenchi à braire ;
Chétot den tout le mason
　Désolation.

Chacun digeot sen remède
Pou récâper che garchon ;
Li faut faire boire de liau tiède ;
Pour délouffer sur-le-champ,
    Dit maître Jean ;
A tout chela je cède,
Donne le remède le pu grand
    Pour me n'enfant.

Sen père dit : l'affaire est clouque,
Vous savez qu'unne araignie
Est arabiée après des mouques,
Vas-t'en caché au fourni
    Et mettons-li
Tout au bord de s'bouque,
Un verra bétôt sortir
    Chel araignie.

On approuve tous le rêve
Du Touquennois bel esprit,
Un li a mis au bord des lèves
Des mouques, pour faire sortir
    Chel araignie :
Y tremblot les fièves ;
Devent le corps sans mentir
    Al demeurit.

Al est trop avant au corps,
Chel araignie sans abus ;
Sitôt un li a mis 'd'abord
Les mouques au trau de sen cu,
   Digeant bien pu ,
Al fait des efforts ,
Alle va lanché dessus ,
   Car je l'ai vu.

Ils lorgnottent à sen derrière ,
Chel bielle curiosité ,
Tout comme au trau d'unne vi-
    sière ;
Le garchon a fé un pé
   Devant leu né ;
Y s'sont retirés arrière ;
Tous les mouques épouventées
   Sont envolées.

Tiens , veux-tu gagé Catlaine ,
Qu'al est widié hors du corps ,
Car il a fé un pé de peine :
Nos garchon y n'est point mort ,
     Y parle encore ;
Ah! queul bonne médéchaine
Que j'ai là trouvée d'abord,
     Al vaut de l'or.

LE MARI MORT ET OUBLIÉ.

Pasquille nouvelle en patois de Lille.

T'ES bien triste Marie-Hélaine,
Car te bré tout comme Madelaine,
T'a comme eu unne méchante note,
T'a des yeux gros tout comme des
plottes.
Te me sanne quanjé d'amitant;
Aiche qui va pire à te n'enfant?
J'ai seu de le fille de ma Rousse;
Qu'il avot attrappé le quenne-
tousse,
Chet un ma qui roule granment,
Che pauvre petit innochent
Ara souffert granment de ma.

Eh! non comère, che n'est my
cha
Qui fait que je bré à tahu.

A t'eu un séquoi de perdu,
U disputé aveuque te mère,
Aveuque te sœur u bien ten
frère ?
Te peux bien men faire le rapport-

Mé, mé, mé, me n'homme es
mort.

Quoi ! te n'homme est mort,
Marie,
Queulle terrible angouche pour ti,
Mé mon Dieu, quoi qui li a folu,
Chétot un si biau résolu.

Quoiche qui faut quand on a le
mort.

Te peux bien braire, les yeux,
tout d'hort ;
J'en quéros bien à l'aute côté ;
Depuis quand est-y déchédé ?

Héla! il est encore tout caud,
N'y a que tros jours qui est au trau ;
Je ne sais point à quoi j'en suis,
Je cros que j'en créverai d'ennui ;
V'là tros jours que je n'ai point
mengé :
Faut-y que cha li euche arrivé,
Je n'verrai pu me n'ami Gille,
J'avos le pu brave homme de Lille ;
Y faut que j'en braiche de dé-
traiche.

Faut-y prende tant de tristaiche,
S'il est mort, ché que chétot sen
        tour :

Tout cha est bon pour le discours,
Y n'est point moins vrai qui n'est
        pu,
J'ai là horriblement perdu.

    Pour cha comère, un perd
        toudi,
Quand un se trouve sans compa-
        gnie,
T'a là eu un furieux malheur :
L'at'fé entierré en honneur ?
Te n'étos mi des pus à l'arrière.

    Y me n'a coûté gros, comère,
J'ai compté hier tous les débour-
        ses
Y ni a trente livres hors de me
        bourse ;
Aussi bien à pauvre qu'à riche,
Un ne fait rien pour rien à l'égli-
        che,
Si un prête dit un *Oremus*,
Y faut qui soit payé tout jusse.

Je sais cha , y ne faut point me
le dire ;

V'là me n'homme qui vient à morir,
Jamais den un tel embarras ,
Un a fait sonné sen trépas ,
Quand le bailli est venu à savoir,
Il a venu aveuque se n'habit noir ,
Y demande à parlé à mi ,
Y me dit : Consolez-vous, Marie,
Puisque le Bon Dieu vous l'a roté;
Qu'men volez-vous le faire entierré,
Aiche un bourgeois que vous allez
faire ,
Aveuque tous les Prêtes et le clerc,
Un moyen , u bien un pu petit ?
Véons le service qui sera dit,
Faites tout , tout comme il apper-
tient.
Je li répond : faite un moyen.
Sitôt il a ouvert sen parge ,
Et y a écrit le priage ,
Il a fait faire un chen de billiez,
V'là chinquante sous qui m'a coûté
Pour sen luigeau six esquélins,
Encore che n'est point un des fins;
Les quate voigins qui l'ont porté ,

Y ont eu trente sous à gueullé ,
Quarante patards pour deux reli-
                    gieux ;
Acheteur pour habillié men fieu,
Y m'a folu loué se z'habits ,
J'ai donné quinze patards et demi;
Pour mi , j'ai eu le fille Martin ;
Qu'elle m'a prêté sen jacotin ,
Aveuque se baie noire de crépon ,
Dige-huit patards pour le cofénon,
Douze sous pour avoir le cloquette;
Che n'est mi tout qu'on a fait unne
                    perte
D'avoir perdu se n'amitié ,
Y coûte encore pour l'entierré ;
Y faut bien suivre les coûteumes.

Mé t'a fait tout en gros voleume ,
Vas, vas, y faut prende corage,
Té encore à le fleur de te n'âge ;
Y ne faut mi te déconforté ,
Te trouvera encore à marié.

   Eh mon Dieu! je ne songe mi
                    à cha,
Jamais pu d'homme ne me tentera,
Et quand que je n'aros un chent,
Je n' n'arai pu un comme le mien,

Cha m'a bien fait unne trop grande
peine.

Y te faut jamais point dire : fon-
taine ,
Je ne buverai jamais pu de te n'iau.

Quoi ! mi prende encore un ca-
piau ?
Je les donneros tretout pour un
liard.

Vas, vas, te né encore nulwart ,
Un a encore ouï pu fort ,
Un ne se sert mi de chés morts ;
Adieu, consolez-vous, Hélaine ,
Et tachez de ne pu avoir tant de
peine ,
Adieu, Hélaine ; adieu, Marie.
Comme elle s'en allot par le Réduit,
En passant tout près des masons ,
Elle a rencontré le fieu Saimon
Aveuque unne quasaque toute
neuve ,
Qui li dit : Bonjour no jeune veuve,
Vous êtes comme tout je ne sais
quement ?
Aiche qu'on porot ête auterment,
N'aiche point toudi unne misère

De perde chen qu'on /a de pù
 querre.

 Allez, allez, che n'est mi rien
 de cha ;

 Et qui aiche qui me le renvoiera?

N'êtes-vous point encore jone assez,
Ne povez-vous point vous remarié ,
Y ne faut mi perde te n'espoir.

 Mé qui aiche qui me vodrot avoir,
Unne femme veufve aveuque deux
 enfans ?

 Deux enfans de reste n'est point
 tant ,
Si vous volez , je perdrai se plache;

 Quoiche que vous dites-là ,
 Eustache ?

 Je dis que nous marionche à
 deux ;
VVettiez Hélaine, frottez vos yeux ,
Si j'ai unne séquoi qui vous charme.

 No jeune veufve a fait rentré
 ses larmes ,

Elle donne se main à che jone
homme,
Et elle a oublié se n'homme,
Après tros jours qu'il étot mort.
V' là ches femmes qui braitent si
fort
Quand leux hommes viennent à
morir,
Y ne sont point si sottes d'en pâtir ;
Y n'est point sitôt entierré,
Qui sont prêtes à requemenché.

CHANSON

Sur la maladie qu'a faite BRULE-
MAISON étant à Douai.

AIR : *Un jour le malheureux
Lisandre.*

QUE Douai est de conséquence,
Un chacun le trouve joli,
Pour abandonner ses folies
Et acquérir de la science:
Chacun y vient de tous côtés,
Dedans cette université ;
Moi-même j'y fus par devise,
M'est venu une maladie ;
J'ai cru laisser là mes sottises,
Pour m'en aller en paradis.

Quoique la joie doit être grosse
De quitter la terre pour les cieux,
L'on ne sort pas de ce bas lieu,
A moins que ce ne soit par force ;
Car on aime tant cette vie,
Qu'aucun ne lui prendroit l'envie,
Quoiqu'il espère en héritage
De vivre aux cieux sans voir la fin,
D'entreprendre ce long voyage,
A moins que d'y être contraint.

3

Un jour que j'étois sur la place,
Chantant et rempli de gaîté,
La mort m'est venu attaquer,
Avec sa trop vilaine face
Toute camuse et décharnée ;
Jalouse de ma liberté,
Elle me frappa en colère ,
A grands coups de son javelot:
Sitôt me jeta par-derrière ,
La fièvre tierce sur le dos.

La cruelle mort, quand j'y pense !
Ell' n'a point de ressentiment :
Car d'un Roi à un paysan,
Elle n'en fait point de différence:
Soit rôturier ou gens de cour,
Tôt ou tard y passe à son tour.
Elle me dit d'une voix forte :
Çà, dépêche toi BRULE-MAISON,
Au plus vite graisse tes bottes ,
Faut partir comme un postillon.

Est-on en procès , on propose,
Contre quelque fourbe imposteur ;
L'on établit un procureur
Qui défend fort bien votre cause;
Quelquefois il gagne ou il perd,
Mais contre la mort que faire ?

On ne peut, par argent ni or,
Attendrir son cœur inhumain;
Moi, pour agir contre la mort,
Je choisis un bon médecin.

Tâtant le pouls conçut ma peine,
Et tout aussitôt il me dit :
C'est une forte pleurésie ;
Vîte on me fait ouvrir la veine :
Un chirurgien tout à l'instant
Me tira quantité de sang :
Deux heures après revint me voir,
Me sentant le pouls rude et gros,
Dit : pour bien faire le devoir,
Faut le resaigner au plutôt.

Ce bon docteur en médecine,
A toute heure m'appliqua ses soins;
Pour me sauver dans ce besoin
Et chasser la fièvre maligne ;
Sentant mes poumons offensés,
Le cœur et le foie altérés,
Ordonna, me voyant en nage
Et dans un état dangereux,
Plusieurs rafraîchissans breuvages;
Afin d'éteindre ce grand feu.

Cherchons à la mort chicane,
Il nous faut sauver BRUL''MAISON;

Ordonna que monsieur Bouillon
Marcheroit avec la Tisanne;
Et puis monsieur l'Apothicaire
S'en vint avec un bon clystère,
Me lâchant un coup de seringue
Dans l'endroit où l'on ne dit pas,
Si adroitement, faisant flingue
Fit jouer la mine d'en bas.

Je fus quelques jours dans la crise,
Courant de la vie à la mort;
Mais la sueur par ses efforts,
Chassa celle qui fut victime;
Je sentis du soulagement,
La fièvre me quitte à l'instant:
Tout grondant, quittant ma per-
            sonne,
La Mort s'écrie à haute voix:
C'est un crédit que je te donne,
Vas, je t'aurai une autre fois.

Le lendemain envers le soir,
Je devins gai comme un pinçon,
Ne sentant qu'un petit frisson;
Ah! si j'ai gagné la victoire
Et forcé le retranchement,
Il m'en a bien coûté du sang:
Je fus saigné cinq fois de suite,
Affoiblissant le corps d'armée,

Le secours arriva, bien vîte
La place on a ravitaillée.

Les premières munitions de bouche,
Monsieur Fort Bouillon arrivant,
Et puis après monsieur Pain Blanc
Mitonné, tiré à cartouche ;
Puis après, monsieur Soupe au vin
Pénétrant jusqu'aux intestins ;
Puis deux jours après, couple
d'œufs,
Commandé par monsieur Mollé :
Messieurs de Veau, Mouton et
Bœuf
M'ont remis en bonne santé.

Le médecin dit : Il faut suivre,
Pour bien rétablir l'estomac,
Dans le boire et dans le repas,
Sur-tout le régime de vivre :
Tout cela est bien accompli,
Grace à Dieu, je suis rétabli ;
J'espère donc encore de bien rire
Dedans Douai plus d'une fois,
Là où j'ai manqué de mourrir ;
Ma foi c'eût été malgré moi.

A présent rien ne m'incommode,
Qu'une foiblesse seulement ;

Ah! si je n'avois que quinze ans,
Je serois bien plus à la mode;
Ah! j'aurois bien plus de gaîté,
Et bien plus de force à chanter,
Et entonner de nouveaux airs ;
Quoiqu'un peu vieux , je suis con-
tent
De rester encore sur la terre ,
Pour vous faire passer le temps.

CHANSON

D'un Tourquennois qui a battu
son chien de verges.

AIR : *Quiantons d'un Tourquennois.*

Air noté N.° 1 , V.me Recueil.

QUIANTONS à haute voix ,
L'histoire de Wisbergue :
Che brave Tourquennois ,
Qui a battu sen quien de vergue ;
A cause qui fût tros jours de long,
Sans revenir à se mageon.

Ni avot là alentour
Des grandes liches caudes ,
Che quien courant tros jours ,

Toute à l'hui la raude ,
Sans revenir à se mageon ,
Vela se vendication.

Jurant contre sen quien ,
Faigeant le chentinelle ;
Si jamais qui revient ,
Je l'ien jureai unne bielle :
Y sen souvenera pu d'un jour ,
D'avoir couru berdin l'amour.

Che quien a ratourné ,
Et y trainot se langue ;
Tout tortinnant sen cu ,
Et tout trainant se panche ;
Che pauvre quien morot de faim ,
En arrivant den sen gardin.

A loyé bielle z'et biau ,
Sen quien sur unne brouette ,
De cordes et de cordiaux ,
Par les quate pattes et s'tiette ;
Aveuc des vergues par quartron ,
Pour faire che l'exécution.

Appelant sen varlé ,
Grand corps et ben allerte ,
Pour le faire brouté ;
Li y sieuvot le brouette ,

Avèuc des vergues plein sen bras,
Tappo tros cos tous les huit pas.

Tappant pire qu'un bourriau,
Dessus chel pauvre biette,
A tous z'arbres d'homiau,
Che sot cangeot de vergues.
A sen quien crie, che gros butor :
Crie grache, u ten'dara encore !

Ayant fait sen dessein,
Dessus chel pauvre biette,
Alentour du gardin,
A cauffé unne pellette
Tout rouge, che grand maître sot,
Y lia donné le marque au dos.

Brûlant sen poil et se piau
De sen dos et ses fesses,
Che quien criot si haut,
Qu'on l'entendot de Leers,
De Watrelos et de Roubaix,
Chacun l'a vu, rien n'est si vrai.

J'avois dit autrefois
De ne plus faire de rôle
Dessus les Toürquennois ;
Mais le tour est trop drôle,
Pour n'en pas faire une chanson
Dessus ce Tourquennois luron.

CHANSON

Sur les réjouissances de la paix,
faites à Tourcoing.

AIR : *Allons, allons, men wigin*
Colas.

Air noté, N.º 1.

ALLONS, allons, men compère
　　Thomas,
N'eut-che pu de ma à t'n'estomach,
Allons, allons, pour chelle fos ;
Y nous faudra boire de tros,
Aveuc men cousin Franchos;
　　De che co là vela,
Les Prinches unis ont mis les armes
　　en bas :
Rions, cantons, buvons à fachon,
Donne tes mains, dansons au rond,
Saute Marie et rauche te baye,
　　No Roi a fé la paix.

Buvons tous al santé des franchos,
Y ont fait la paix aveuque les
　　zenglos,
Ha! pour che co-là, y ne ferons
　　pu de ma,
Y ni en ara pu de mis en bas,

4

Eh bien ! cambien
Qui en a eu de tué par nos gens ;
Ils étoient tenus tout comme en
        guéole,
Par nos franches et nos espagnols,
Mé ils ont fait la paix sans délai
        Aveuque les Portugais.

Puisque l'on vot ches grands Sou-
        verains,
En bons amis se cliquer des mains,
        Eh ! viens Zabiau,
        J'ai de men pourchiau,
Un gambon pesant comme un viau,
        Julie , Marie ,
Démêle del fleur et fé du lébouli,
Et men cousin Colas , de che pas ,
Va faire des choux au plat , bons
        et cras ,
Avenc del char salée de seu bué ,
        Avenc del char salée.
Veant chela le femme Semmon
Donne un gigot et deux biaux din-
        dons :
De che co d'hasard, men cousin
        Allard
Donne ses tros bielles pièches de
        lard ;

Sitôt Charlot ,
Se mareine a fé faire un biau cra
        hochepot ,
Et Théro a donné des zandouilles ,
Aveuc deux u tros bielles crasses
        poules ,
Et le femme Gros-nez a donné
        Tros quertennées d'ués.

Veant chela le sœur Mazure
A mis près de vingt livres de bure ,
Aveuc Louis, tout du long de l'nuit,
Ont fait des crêpes et du lébouli ;
        De pus , Perlus ,
Se mareine a fait des biaux talibuts,
Des chervelas et des gros boudins,
Tros tartes à pronnes aveuc des
        rogins ;
Chacun prêtot ses bras pour che
        repas ,
        Chacun prêtot ses bras.

Le lendemain ont mis le drapeau
Pendu tout au coupé du hamiau ;
A leu capiaux, rubans et cordiaux;
Y sont venus tout fageant des sauts
        Au rond , Semmon
A fé rongé les basses et les violons,
Y ont dansé des diminués ,

Des contredanses et des passe-pieds,
Aveuc dés rondiaux des pu biaux ,
  Aveuc des rondiaux.

Après avoir ben bu , ben dansé,
Y se sont tertous mis à baffré,
Comme à un banqué
Y sen sont donné ,
Leu panche prête à s'écartelé ;
  Robin , du vin
A fé venir à che grand festin ,
Y n'ont tant bu et tant avalé,
Qui n'savoient ni francé , ni englé ;
Deu leux maronnes on quié et piché,
  Den leux maronnes ont quié.

Jérôme aveuc se tiette abeurie ,
Délouffa de le salade de chillerie,
Qui avor mengé sans le digéré ;
Y a manqué de n'ête trépassé ;
  Pu haut , Thibaut,
En passant a queu deven che puriau:
Y étot pu d'amitan noyé ;
Mais par bonheur on l'a rasacqué,
Tout vert et tout doré habillé,
  Tout vert et tout doré.

Y ont ronflé comme des oliphans ,
Sur les tables, tonniaux et les bans;

L'un a perdu un biau gros écu,
Se n'enniau d'or et se boîte au senu.
    Julie, pendant le nuit,
A verd dracquié au mitant de sen lit
Et se n'homme gros Jean se levant,
Avot, le pan volant tout puant,
Tout couvert de revas-y, de Julie,
    Tout couvert de revas-y.

Depuis long-temps deven no bour-
        gage,
On n'a vu de pareille tripotage,
    Fille et warton
Ne faigeoient qu'un mont:
Jugez si on fé du ma u non,
    Jue basse, dit Ignace!
Y n'y a nul ducasse qu'on ne fé
        fricasse;
Allons, recommenchons le ballon,
Le bon temps revient den no ma-
        geon;
Nous n'avons pu de guerre, bonne
        affaire,
    Nous n'avons pu de guerre.

Buvons tertous à l'santé du Roi,
Alleumons pour li des grands fus
        de joie,
Et du Dauphin sans vire le fin;

Buvons, trinquons jusqu'à demain,
　　Reubos ! Reubos !
La paix est faite aveuc les z'englos ;
Ne risquons rien de faire ripaille ,
L'argent va roulé comme la paille ;
Nous verrons le bon temps pour
　　long-temps ,
Nous verrons le bon temps.

CHANSON

D'un Tourquennois qui a cru que
son baudet avoit bu la lune.

AIR : *Voilà pourtant Brûle-*
　　　　Maison.

Air noté , n°. 2 , Ier. Recueil.

J'AI grand peur de devenir sot,
Je n'ai nen un moument de repos ;
Quand je pense être à rien faire ,
Les Tourquennois font de biaux
　　tours,
Pour me faire canter tous les jours.

Un Tourquennois , chés jours au
　　soir ,
En allant mené sen baudet boire ,

Comme y faigeot biau clair de
leune ,
Il a vu le bielle deven l'iau ,
A dit : mon Deu que ch'la est biau.

Comme y faigeot boire sen baudet,
Y a passé unne épaisse neuée ,
Qui a tout couvert le leune ,
Che Tourquennois dit sans abus ,
Surment que men baudet l'a bu.

Vas, nous povons bien boire un lot,
Men baudet a fait un biau cot ,
Car il a fort bien bu le bielle ;
Y n'nous fora pu de craché ,
Du soir nous verrons clair assez.

Y dit à se femme de che pas ,
Wette ben quand men baudet
quira ,
Deden sen bren te trouv'ras le
leune ;
Fais-li mié du soucrion vert ,
Y f'ra tant plus vîte se n'affaire.

Che Tourquennois a demeuré
Tros jours au cu de sen baudet ,
Comptant qu'il arot quié le leune;

Y dit pourtant que le diable sot mort,
Je parie qu'il l'a deven sen corps.

Je ferai unne boîte bravement,
Et je boutrai le bielle deven,
Après j'irai trouver Malbrouck,
Pour mi ête partigeant sans bruit;
Je verrai bravement clair par nuit.

Y a pris un hache réwigée,
Y a copé le tiette à sen baudet,
Il li a ouvert le panche,
Et a tout remué deven sen bren,
Et n'a nen trouvé le bielle deven.

Se femme li dit : N'est nen un viau
D'avoir tué men baudet si biau,
Comptant qui avot bu le leune;
Vas, je le dirai à BRULE-MASON,
Sur ti y fera des canchons.

CHANSON

D'un Tourquennois et de l'homme
de fer.

AIR : *Voilà la différence,*

ou *d'un Tourquennois qui a mené
se vaque au molin.*

Air noté, N.º 4, III.me Recueil.

Nous faut quianter chele fos,
Encore sur les Tourquennos,
Unne histoire à braire,
Qui est arrivée pour le vrai,
D'un paysan den Tournai,
Et l'homme de fierre.　　　　*bis.*

Che l'homme avoi den se mason
Unne viel arme, un boujacron,
Qu'un lomme un fusique,
Qui ne savot pu tiré,
L'alla faire raccommodé
A Tournai bien vîte.　　　　*bis.*

En entrant deven le logis
Il a montré sen fusil,
Deswaniant ses mouffes,
Je cros qui manque drola
Unne cose comme l'oreille d'un cat;
Qui ne sé nen faire pouffe.　　*bis.*

L'armoyeux li dit awi,
Il y manque unne batterie,
Le faut y refaire?
Awi li dit de ce pas,
Dis-m'en pau qui aiche ch'ti-là,
Tout habillé de fierre?　　*bis.*

L'armoyeux dit d'un plein saut,
A che Tourquennois lourdeau,
Chet un espagnol,
Y revient bien, je te dis,
De quatre chens lieues dichy,
Chet un maître drôle.　　*bis.*

Puisqui revient de si long,
Je vois li demandé tout de bon
Si sé des nouvielles;
Je vois un pau li parlé
Des pays qu'il a passés,
Si n'a vu des bielles.　　*bis.*

L'armoyeux li répondit,
Wette ben comme te parle à li,
Car il a l'meine fière ;
Quand te lira approché,
S'il te wette sans parlé,
Che qu'il est en colère,   *bis.*

V'là sen fusil raccommodé,
Che Tourquennois s'en va parlé
A che l'homme de fierre ;
L'homme de fierre ne dit mot,
Car il éto fé de bos,
Et unne meine fière.   *bis.*

Se n'albarde boujo du vent,
Le Tourquennois pensot vraiment
Qué le volot battre :
Je me soucie bien de ti,
Si ta unne albarde, j'ai un fusi,
Va ten ben au dialle.   *bis.*

Et ben que te v'là trompé,
Te penses ben à me donné
Un co de te pique ;
Tiens, men dialle, te n'en feras pu,
Aussitôt l'a rué ju
D'un co de fusique.   *bis.*

V'là l'homme de fierre rué ju,
Le Tourquennois tout éperdu,
Se sauve à grande peine ;
Pernant tout drot le quemin
Par le rue de Saint Martin,
Etant hors d'haleine.   *bis.*

Tros Tournisiens à l'instant,
Contrefaisant les sergens,
L'arrêtant en somme,
Il y ont dit : T'nen feras pu,
Demain te seras pendu,
Ta tué un homme.   *bis.*

Le Tourquennois épouventé,
Leu dit laiché-me sauvé,
Je vous donne tout me richesse,
J'ai tros louis d'or et pu,
Du blé que j'ai chi vendu,
Tout je vous le laiche.   *bis.*

Ches Tournisiens à l'instant,
Ont emboursé cet argent,
Vont boire al Crox de fierre ;
Il ont dit : Buvons de tros,
Al santé du Tourquennios
Et de l'homme de fierre.   *bis.*

Che Tourquennois tout luron ,
Arrivant den se mageon ,
Quemenchy à braire
Des larmes plein un séau ,
Grosses comme des crottes de
    pourcheau ;
A s'femme conte l'affaire.   *bis*.

Queu grand malheur que j'ai fé,
Ah ! y me faura sauvé ,
J'ai tué un homme ;
Se femme li dit tout court ,
Va t'en t'muché den no four ,
Te n'seras vu d'personne.   *bis*.

Je n'serai nen là bien muché ,
Car ches tous dialles à caché ;
J'men vas deven no quioire ;
Alors che gros lourdeau
Fut den l'bren jusqu'à l'atriau ,
Jusqu'à qui fut soir.   *bis*.

Se femme li va demandé ,
Di m'en pau qui aiche t'a tué ?
Sans cesser de braire ,
Alors il li dit le vrai ;
Chet un homme de Tournai ,
Tout habillé de fierre.   *bis*.

Se femme li dit en courroux,
N'êtes nen un bigre de fou,
Chet unne estatu de fierre ;
Alors le pauvre Miché
A sorti tout embrené :
Queule drôle d'affaire.   *bis.*

CHANSON

Sur la complainte de l'homme
de fer.

AIR : *De Finart,* ou *Bonjour belle
Meunière.*

Air noté, n°. 2.

JE suis homme de fer,
Dans Tournai de renom,
Depuis les vieilles guerres
Je suis en faction
Par-devant ma boutique ;
On a cru me tuer,
Mais par ma bonne intrigue,
Ah ! j'en suis réchappé.

   Y a trente ans d'assurance,
Que je vis sans émoi,
Plusieurs troupes de France

Ont passé devant moi ;
Le Roi, avec ses gardes
Et ses soldats de cœur,
Me voyant sur mes gardes,
M'ont porté mille honneurs.

Il avoit à sa suite
Barons, Comtes et Marquis,
Tous gens de mérite,
Ne m'ont jamais rien dit ;
Mousquetaires rouges et noirs,
Et les gardes du corps,
Me voyant en devoir,
Ne m'ont fait aucun tort.

J'ai vu d'un pas altier
Passer les canonniers,
Et les chevaux-légers,
Même les bombardiers :
Allemands et cravattes,
Espagnols et anglais,
Les hussards et polâcres,
Ne m'ont jamais rien fait.

J'y ai vu à la piste
Et passer devant moi
Gardes françaises et Suisses,
Les régimens du Roi ;
Berry, Chartres, du Maine,

Navarre et Picardie,
En voyant ma fière maine,
Ne m'ont jamais rien dit.

Un jour sans prévoyance,
Un Tourquennois timbré,
Vient dire en ma présence
Qu'il vouloit me parler ;
Je ne saurois pas rire
A un moindre que moi :
Je n'ai voulu rien dire
A ce fou Tourquennois.

Il se mit en colère :
Pour n'avoir rien dit,
Me donna par-derrière
Lors un coup de fusil,
Me renversant de place,
Croyant m'avoir fait tort,
Mais ma foi ma cuirasse
M'a garanti la mort.

Ma foi, dans cette affaire,
Il eut plus peur que moi ;
En me voyant par terre,
Ce pauvre Tourquennois
S'enfuit, point je ne raille ;
Moi, je suis demeuré
Sur le champ de bataille,
Sans même être blessé.

CHANSON

Sur la gageure qu'a faite BRULÉ-
MAISON avec un Tourquennois,
de chanter dans Tourcoing ;
comme il fut reconnu, arrêté,
et de quelle manière il s'est
échappé.

AIR : *De la Reine de Hongrie.*

Air noté, n° 2, IIIme. Recueil.

POUR le dernière des Tourquennios

Men faut canter uane nouvielle :
L'aute jour den che l'endrot,
Me n'a arrivé unne bielle ;
Je vous dit, mes chers amis,
J'n'ai eu si peur de ma vie ;
Sans l'intrigue qu'on me donne,
Je seros den l'autre monde.

J'étois dedans un endroit,
Nommé la Longue Chemise :
Il y avoit des Tourquennois,
Dessus certaines devises,
Ont dit : *Te v'là,* BRULÉ-MASON,
De nous tu fais des canchons ;

T'n'oserot venir den no bourgage,
Nous te ferimes un bon potage.

Moi je dis: Je ne crains point
Ces Tourquennois mal-habiles,
Je chanterai dans Tourcoing ,
Tout aussi bien que dans Lille ;
N'en vient un tout épeuté ,
Digeant : *T'noseros nen gagé ,*
Je te mettrai deux pistoles ,
Te n'cantros nen deux paroles.

Moi je rêve là-dessus ,
Pour gagner ces deux pistoles ;
Sitôt j'ai mis quatre écus
Contre ce Tourquennois bon drôle;
Je m'en allai m'habiller
En ramoneur de cheminée ,
Un sac sur mes épaules ,
Avec une longue gaule.

Pour entrer dessus les lieux,
Je m'y pris d'un grand courage:
Mis mon chapeau sur les yeux,
Le sac près du visage ,
L'habit malproprement ,
Moi qui ne suis pas trop blanc ,
On m'auroit pris à l'écart
Pour un bâtard savoyard.

Pour la gageure gagner,
Falloit chanter au bourgage ;
Je me suis mis à chanter
Trois couplets de grand courage,
Et aussitôt je leur dis
Cette chanson que voici :
Ramonez-ci, ramonez-là,
La cheminée du haut en bas.

Chantant toujours sur ce ton,
Me promenant bien deux heures;
On disoit dans les maisons,
V'là un gaillard ramoneur ;
Pour tromper ces Tourquennois,
Je contrefaisois ma voix ;
On m'appelle dans ce bourgage,
Pour me donner de l'ouvrage.

En entrant, sans nulle façon,
Ont reconnu ma parole ;
Ils ont dit: *Ché* BRULE-MASON
Qui vient gagner ses pistoles :
Ont clos leu portes à l'instant,
En m'enfermant là dedans,
Ont dit: *Mé-toi en prière,*
Car v'là te n'heure dernière.

En me voyant enfermé,
Ma foi je perdois courage,

Sitôt ils ont tous crié
Après les gens du bourgage ;
Il est venu Jean Leurent,
Qui a semé des croques d'aireng,
Jurant comme la tempête,
Me voulant casser la tête.

Ch'ti qu'il a queu aveuc sen viau,
Arrivant deden le foule ;
Ch'ti qu'il attendot des quévaux,
En couvant unne chitrouille ;
Ch'ti qu'il a été épouvanté,
Quand l'homme de fer a tué,
Arrivant aveuc gros Jacques,
Ch'ti qu'il a étranné s'vaque.

Den unne plache m'ont enfermé,
Pour mieux conter leux affaires,
Et deden l'autre à côté,
Ont tenu conseil de guerre :
Un dit : *il le faut tué* :
L'autre dit : *Il le faut roué* :
Un autre dit : *Il le faut pende* :
L'autre dit : *Faut l' réduire en
                chende.*

Moi, en étant là dedans,
J'entends consulter ma mort;
Il y avoit un petit banc,

Dévêtant mon juste-au-corps,
Ce banc j'ai bien habillé,
Et de foin bien rembourré,
Dans les culottes, bras et hanches,
Les deux pieds dans les deux man-
ches.

Velà le soir arrivé,
Un huévre le porte en rage,
Déquerquant sen pistoulet,
Tu n'en f'ras pu davantage :
Ce banc ils ont renversé,
Croyant de m'avoir tué,
Ils m'ont bien donné encore
Deux chens cos après me mort.

Quand ils m'ont eu tous quitté,
Comme y faigeot fort obscure,
Ce banc j'ai désabillé
Pour reprendre ma figure ;
Moi, un petit peu après,
Me sauvant par la cheminée,
J'leux ai pris pour me casaque
Un bon gambon pou les Pâques.

Le mercredi arrivé,
Y venottent tertous à Lille,
Me véánt encore capté,
Y quéottent présqu'inmobiles :

Je n' saros croire autrement
Que chet un magicien,
Étant tué et ben mort,
V'là le diale qui cante encore.

NOUVELLE MANIÈRE
DE VOLER.

Inventée par un Tourquennois.

AIR: *De l'araignée, ou du chat gêné.*

Air noté, Nº. 5, Vme Recueil.

JE digeos de n'pu faire unne sorte
De quianchons de Tourquennos,
Mais le colère m'emporte,
D'en canter encore unne fos;
  A haute vos;
Comme un queurre la poste
Depuis peu den che l'endrot,
  Sont ben adrots.

Un jour un postillon passe
Par Tourcoing, criant haut, haut,
Dit à l'hôte qu'il étot lasse,
Donne à boire à men quevau,
  Plein un séau,
Car y faut qui fâche

Le quemin d'Ath en Hainaut ;
Je plains se piau.

Un Tourquennois dit bien vîte,
En entendant chés raigeons,
Je gagerai de courir pu vîte,
Sans quevau et sans bàton,
    Qu'un postillon ;
Pour servir de gùide ;
Je sais un secret bon et biau,
    Pour voler haut.

Sitôt ils ont fait en hâte
Unne gageure pour chertain,
De partir de Tourcoing à Ath,
Unne lettre écrite à le main,
    Et faire le quemin,
En volant ben rade ;
Du Tourquennois ben malin,
    V'là chi l'dessein.

Il a loyé aveuc peine,
A ses épaulés à fachon,
Des grands vans , chose certaine ;
A monté sur unne mason
    Pour vire de long ;
De zailles de poule-d'inde
A loyé à ses talons ,
    Pour voler long.

Ses deux vans faigeottent flique
        flaque ,
S'apprêtot pour voler haut ;
Dit adieu à sen frère Jacques ,
Je m'en vas deven l'Haineau :
        Fit un grand saut
Deven le puriau de vaques ,
A bien queu soixante pieds d'haut ,
        Jusqu'à l'attriaut.

Y criot miséricorde ,
Quand qui s'a vu enfoncé,
Un a venu aveuc escorte ,
Afin de le retirer
        Tout eppenté ,
Aveucque des cordes ;
Sans cha, arot trépassé
        Tout imberné.

Il a juré tout en rage ,
Quand qui s'a vu rassaqué ,
Que l'diale emporte l'vulage ,
Et ch'ti qui m'a consillié
        Qu'on peut voler
Aveuc des pleumages ;
Je voro qui serot brûlé
        Et étranné.

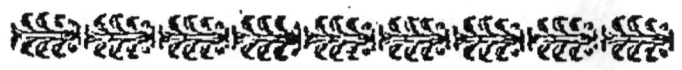

PLAINTE AMOUREUSE.

CHANSON VILLAGEOISE.

Eh! bien te v'la ,
    Quoiche que te fé là?
Veux-tu venir aveu mi , mi!
Te sé bien que je t'aime bien
Je n'en veux mi d'aute que ti, ti !
    Nous ne sommes qu'à deux,
    Tiens ché du sérieux:
    Putôt morir, que j'osero mentir.
    Je te le dit et men cœur aussi ;
    Je ne te veux que du bien , bien.

    J'ai tant de plaigi ,
        Quand je te vos , Marie :
Laiche me te vir tout men sot, sot!
Quoiche que j'tai fé pour tant m'en-
    graignié ,
Eche que je t'ai dit unne séquoi, quoi!
    Te sé m'en ma ,
    Te peux faire m'en soula ;
    Te prend plaigi à rire de m'ennui
    Je dis adieu, je suis malheureux:
    Tiens je n'en peux pu v'la que
        je brais , brais!

CHANSON

Sur la réjouissance qui s'est faite dans la ville de Lille, le jour de Saint Mathias 1705, jour du Mardi gras (1).

AIR : *Marchand, l'affaire presse*, ou *Bon jour, belle Meunière.*

Air noté, n°. 2.

PENDANT ce carnaval,
On s'est bien régalé ;
Dans les concerts et bals
Et dans les assemblées
Qu'on a faits dedans Lille,
Par plaisirs innocents,
D'une façon gentille,
Chacun en est content.

---

(1) Cette fête s'est donnée pour le divertissement de S. A. le Prince de BAVIÈRE, pendant son séjour à Lille.

Chantons avec réplique ,
Avec le cœur gai ,
Ce qu'on fit en public ,
A Lille , sur le quai ;
Grand nombre de carosses
Etoient là assemblés ,
Tout le monde s'efforce
Pour voir cette gaîté.

On commença la danse
Au beau milieu de l'eau ;
De joûter à la lance
Sur deux petits bateaux ;
Les trompettes et timbales
Les voyant avancer ,
Touchoient la générale
Pour les mieux animer.

Ils ont bien fait en somme ;
Chacun des deux bateaux
Ont pris chacun leurs hommes ,
Ils ont tombé dans l'eau ;
Le premier sans finesse
Eut l'honneur des bateaux ,
Frappant avec adresse
Deux fois son homme à l'eau.

Ayant fini la lance ,
Alors les bateliers ,
S'en furent sans doutance
Sitôt l'oison tiré ;
Comme des hirondelles ,
Chacun monte au plus haut,
L'oison de façon belle ,
Perdit le corps dans l'eau.

De cent lieues à la ronde
On n'a vu une fois ,
S'amasser tant de monde
Que dedans cette endroit ;
On tomboit l'un sur l'autre
Dans le fond des bateaux ;
On a bien vu des fautes
Peintes comme des rideaux.

Et puis d'une humeur fière ,
On a vu les *Hoduins*
Au bord de la rivière ,
Avec un bon dessein ;
Tous ces *Hoduins* sans cesse
Crioient à haute voix ;
J'espérons d'être sèches ,
Et nous aurons un Roi.

La bande de l'arbalète,
Voyant ces drôles-ici ,
S'ont mis le casque en tête,
Dirent :J'irons aussi
Sur le bord du rivage ,
Pour rompre leurs desseins,
Nous jeter à la nage
Contre tous les *Hoduins*.

Marchant , ces volontaires,
Avec l'enseigne au vent ,
Comme des gens de guerre,
Et le tambour battant ;
Distingués de cocardes
Sur leurs bonnets entr'eux;
Un chacun les regarde ,
Ils étoient jaunes et bleux.

Alors chacun s'embrasse
Auprès de ce bateau ;
En faisant des grimaces ,
Ils ont tombé dans l'eau:
Sur la fin , deux bons drôles
De cette estaminé ,
Ont pris leurs hommes au col ,
Dans l'eau les ont jetés.

Moi j'étois de la troupe
Des volontaires aussi ;
Moullié comme une soupe,
Avec mes habits ,
Je touchois la retraite
Tout tremblottant les dents;
D'aller voir les fillettes ,
N'étoit ma foi pas temps.

Y n'avottent warde de braire ;
Alors les Tourquennois ,
Ch'ti qui a tué l'homme de fierre,
A dit à haute voix :
BRULE-MASON , *sans frivole,*
Y ne sait nen nagié ,
Je barrai ben unne pistole ,
Que che diale serot noyé.

Pour les rendre bien-aise,
Entendant ces raisons,
M'en fus de grande vîtesse
Aussitôt sur le pont ,
Et sur la planche ensuite
La tête en bas sauter ;
Les Tourquennois bien vîte
Ont dit : le voilà tué.

Quand ils m'ont vu encore
Revenir dessus l'eau ;
V n'est nen encore mort ,
Car le v'là à batiau ;
Je remontai bien vîte
Encore dessus le pont ,
Pour me jeter ensuite
Encore la tête au fond.

Un Tourquennois en presse
Avec un savetier ,
Dit : *Je ferai dire des messes,*
S'i peut être tué ;
Notre-Dame de l'Treille ,
Si vous volez le noyer ,
J' vous promets unne candelle ,
Qu'jaquatrai au crachié.

Malgré toutes les promesses ,
J'ai revenu sur l'eau ;
Je sortai de vîtesse
Par un petit bateau ,
M'en fus à l'arbalète
Me chauffer sans façon ,
Puis, mè mis dans la tête
De faire la chanson.

IMPROMPTU

DE BRULE-MAISON

*Fait au parterre du spectacle, à
Lille : le directeur ayant fait
venir Dominique, fameux ar-
lequin de Paris, il fut obligé de
rendre huit fois l'argent, faute
de spectateurs.*

DOMINIQUE a fait son chef-
    d'œuvre
Dedans Lille ; par ses leçons,
Il surpasse tous les maçons,
Depuis qu'on l'a vu à l'œuvre :
Car, en moins de quatorze jours,
On assure qu'il a fait huit fours.

LES AMOURS
DE QUERTOFFE,
FRÈRE DU MARCHAND DE BREN.

AIR: *Tourne, men cariot tourne.*
Air noté, N.º 3, VII.me Recueil.

Bonjour bielle Zabette,
Je sus venu drochi,
Pour parler d'amourage,
D'un amour si grande ;
Belle, si vous ne volez nen,
J'en morrai de dépit.

LA FILLE.

Te vas vîte à l'ouvrage,
Te t'écauffes trop fort ;
Dites-moi, sans ombrage,
Le nom de votre village ;
Il faut, comme chacun sait,
Connaître avant d'aimer.

LE GARÇON.

Belle, si faut vous le dire,
Men nom et me demeure,
Je m'appelle Quertoffe,
Grand Colas, ché men père,
Et mi, je sus sen fieu ;
Je demeure à Tourcoing.

LA FILLE.

Quoi ! est-ce vous Christophe ,
Renommé dans Tourcoing ,
Ce gros marchand d'étoffes ,
Qui a les milles en coffre ?
Mais voilà du bon bien ,
Allez , vous n'aurez rien.

LE GARÇON.

Quoi ! s'rit vous si rebielle ,
Que de refuser l'amour
À un cœur qui grenotte
Tout comme de le char de vaque.
Je sus venu drochi ,
Nous marierons à deux.

LA FILLE.

Bête , je te répète
Que j'aime mieux rester
Fille sans amourette ,
Que d'avoir une bête
Si mal nourrie que toi ;
Retire-toi de moi.

LE GARÇON.

Quoi ! vous êtes si glorieuse ;
Wettiez Marie , fier trau ,
Avec se bielle houlette ;
Monsieu vaut mieux que mam'selle ,
Prenez garde à men poing ,
J'te barai un co d'pied.

N.o I.

Allons, allons, men wigin Colas.

N.º 2.

Bonjour, belle Meunière.

N.º 3.

Des Blasés.

Ce n'est que dans la Morée.

TABLE
DES CHANSONS
CONTENUES
Dans ce deuxième Recueil.

FIN DE LA TABLE.

LILLE. — Imprimerie de VANACKERE fils.

www.ingramcontent.com/pod-product-compliance
Lightning Source LLC
Chambersburg PA
CBHW060821180626
46818CB00002B/914